BERTA
Saves the River
Berta salva el río

Suzanne Llewellyn

Illustrations by Chaveztoon

Dedicated to th

Dedicado a los niños

hildren of Honduras

s niñas de Honduras

Berta Saves the River
Berta salva el río

Text Copyright © 2020 by Suzanne Llewellyn
Illustrations copyright © 2020 by Luis Chávez (Chaveztoon)

ISBN 978-0-578-75627-1 (hardback)
ISBN 978-0-578-76977-6 (paperback)

Library of Congress Control Number: 2020916866

Justice Tales Press
Walnut Creek, CA 94597
JusticeTalesPress@gmail.com

Ordering Information
USA trade bookstores, wholesalers and purchasers living in the United States can place orders with the publisher by email. A discount may be available on quantity purchases of more than 10 copies to school districts, faith communities, non-profits, corporations, associations, and others.

Si vive en Honduras, solicite copias en rústica a:
Fundación Equipo de Reflexión, Investigación y Comunicación
(FUNDAERIC)
Atención: Aracely Medina
administraciongeneral@radioprogreso.net

Publisher's Cataloging-in-Publication Data
provided by Five Rainbows Cataloging Services

    Names: Llewellyn, Suzanne, author. | Chávez, Luis, illustrator.
    Title: Berta salva el rio = Berta saves the river / Suzanne Llewellyn ; Luis Chávez, illustrator.
    Description: Walnut Creek, CA : Justice Tales Press, 2020. | Summary: Berta Cáceres leads a Honduran village's resistance to a dam which would destroy their ancestral river and livelihood. | Audience: Grades 4-6. | Bilingual text in Spanish and English.
    Identifiers: LCCN 2020916866 (print) | ISBN 978-0-578-75627-1 (hardcover)
    Subjects: LCSH: Cáceres, Berta, 1971-2016--Juvenile fiction. | Illustrated children's books. | CYAC: Indigenous peoples--Fiction. | Environmentalism--Fiction. | Honduras--Fiction. | Spanish language materials—Bilingual. | BISAC: JUVENILE FICTION / Biographical / Latin America. | JUVENILE FICTION / Science & Nature / Environment. | JUVENILE FICTION / Girls & Women. | JUVENILE FICTION / People & Places / Caribbean & Latin America.
    Classification: LCC PZ7.1.L54 Be 2020 (print) | LCC PZ7.1.L54 (ebook) | DDC [Fic]--dc23.

High in the radiant green mountains of Honduras lies the village of Río Blanco. A young girl named Ana lives there. She is a child of the Lenca people who have lived there for thousands of years. Ana loves the trees sheltering her village. She listens to the wind and birds playing music in their branches.

Ana has never left her village. The nearest town is far away, reached only by a deeply rutted, dirt road. She walks and runs with her friends to school, kicking up dust as she goes. She watches birds soar high over the valley below and disappear beyond the mountains.

En lo alto de las montañas verdes de Honduras se encuentra el pueblo de Río Blanco. Una joven llamada Ana vive allí. Es hija del pueblo Lenca quienes han vivido en estas tierras desde hace miles de años.

Ana ama a los árboles que albergan su pueblo. Ella escucha el susurro del viento y a los pájaros cantando, mientras bailan y saltan, de una rama a otra.

Ana nunca ha salido de su pueblo. La ciudad está muy lejos y para visitarla solo hay un camino de tierra, por cierto, profundamente surcado y en marcado abandono. Ella camina y corre con sus amigos a la escuela, levanta el polvo con cada paso y sus zancadas. Ana observa los pájaros alzando vuelo, rompiendo el viento, desde los árboles y sobre el valle, desapareciendo más allá de las montañas verdes por donde corre el río Gualcarque y está la comunidad Lenca.

2

The Gualcarque, the river of big stones, flows near Ana's village. The Lenca believe spirits of young girls live in the river. Villagers go every day to play, bathe and talk to the spirits. One of Ana's first memories is the sound of the river splashing across the rocks. She loves how her body awakens with joy at the touch of the clear, cold water.

The Honduran people call the earth *Madre Tierra* because she feeds and shelters them and shapes their lives like a good mother. The Lenca make their living farming and fishing and thank Mother Earth for all that she provides. They take only what they need.

El Gualcarque es un río de piedras grandes y blanquecinas que fluye cerca de la comunidad. Los Lencas tienen la creencia de que los espíritus de las jóvenes habitan el río. Ellas van todos los días a jugar, a bañarse y comunicarse con los espíritus.
Uno de los primeros recuerdos de Ana es el sonido del río chapoteando las piedras. Ella disfruta cuando su cuerpo se sumerge en el agua, en las corrientes de ese río claro y frío.

Los hondureños y hondureñas llaman a la tierra, la *Madre Tierra*, porque como buena madre, los alimenta, los protege y les da forma-ción de vida. Los Lenca viven de la agricultura y la pesca y siempre agradecen a la Madre Tierra por todo lo que ella les pro-porciona. Solo toman lo que necesitan de ella.

The Lenca don't know that a powerful Honduran company is planning to steal their sacred river. One day giant, noisy machines invade the valley below. They tear down trees and scrape away a mountain. They destroy the corn and bean fields and erect a large building. They don't ask permission to be there or explain why. Ana wants to know what is happening. She begins having bad dreams.

The villagers ask a Lenca woman, Berta Isabel Cáceres Flores, for help. Berta is a fierce protector of Mother Earth and people's rights. She lives in La Esperanza, a town whose name means hope. Berta brings hope everywhere she goes.

Los Lencas no saben que personas poderosas de Honduras y otros países quieren robar su río. Un día de repente, máquinas gigantescas y ruidosas invaden el valle al pie de la montaña verde, cerca del río Gualcarque. Destruyen los árboles y arrasan la montaña. Destruyen los sembrados de maíz y frijol y construyen un edificio enorme.

La gente de la máquina no les ha pedido permiso para llegar allí, tampoco dan explicación. Ana grita con llanto en el alma. Se pregunta *¿Qué está pasando?* Ella tiene pesadillas.

La comunidad no sabe qué hacer, piden ayuda. Una mujer Lenca, Berta Isabel Cáceres Flores los escucha, los conoce, se solidariza. Berta es una feroz protectora de la Madre Tierra y de los derechos de su pueblo. Ella vive en la ciudad y es conocida como la guardiana del río Gualcarque.

Berta tells the villagers that the country's leaders sold the right to build a dam on the sacred river to a big Honduran company. The dam would capture the water of the Gualcarque to make electricity, not for the village, but for other people.

Berta says good leaders wouldn't sell rivers and other precious resources without first asking what the people living on the land think.

The Lenca are alarmed. The river is like the blood flowing through their bodies and harbors the spirits of their ancestors. The leaders have broken their promise to protect the rights of the Lenca people living on the land.

Berta le cuenta a la comunidad que el gobierno hondureño les vendió el río. Que una gran empresa construirá una represa en el río sagrado. La represa embalsa el agua del Gualcarque para producir electricidad, no para el pueblo sino para otras personas. Ana escucha y entiende sus pesadillas. Berta dice que la tierra, los árboles, el agua, el oro y todos los bienes comunes pertenecen a todas las personas. El gobierno no debe venderlos, ni decidir sobre ellos sin consultar primero al pueblo Lenca.

Los Lencas están alarmados. El río es su sangre y alberga los espíritus de sus ancestros. El gobierno ha roto la promesa de proteger los derechos del pueblo, los habitantes de esta tierra, herencia de la ancestralidad Lenca.

Ana loves Berta's visits because she explains what is happening to the children as well as their parents. She talks about the river spirits. She says, *I belong to the river, just like you do.* When Berta leaves, Ana feels stronger. She can't imagine life without the rhythm of the river.

Berta helps the villagers stand up for what is rightfully theirs. They have lived on the land for longer than anyone remembers. When the villagers protest what has been done, some are killed, put in jail, or forced to flee. Berta has seen this happening throughout the country.

Ana adora las visitas de Berta porque ella les explica a los niños, las niñas y a sus padres y madres lo que está sucediendo. Ella habla sobre los espíritus del río. Berta cuenta sobre sus propios cuatro hijos, de cómo nadaron en el agua de su vientre y ahora en el río. Ella dice: *Yo pertenezco al río, como ustedes.* Cuando Berta se despide Ana se siente más fuerte.

Berta defiende junto al pueblo Lenca y el río Gualcarque porque saben que es legítimamente suyo. Viven en estas tierras desde hace tantos años que nadie las recuerda sin Lencas. Pero es una lucha dura y cuando el pueblo protesta por las acciones del gobierno, algunos Lencas son asesinados, encarcelados u obligados a huir. Berta lo ha vivido y sabe que también pasa en todo el país.

10

The villagers can't survive without water. Already, many Hondurans have been forced to leave their beloved homes. Some have traveled thousands of miles across Mexico to get to the United States on top of a freight train called *The Beast.* It is a dangerous journey, but kind people along the way give them food and water.

The villagers want to keep their families together. They say, our children must know the joy of Mother Earth, not its theft and destruction.

El pueblo Lenca prefiere desaparecer antes que ver morir su río, saben que sin agua no hay vida. Algunos se fueron obligados a la gran ciudad y otros a los Estados Unidos. El viaje es peligroso. Son muchos los y las jóvenes y mujeres madres solteras que viajan miles de kilómetros a través de México encima de un tren de carga que se llama *La Bestia*. No duermen, comen y beben donde pueden. Muchos nunca vuelven.

Los Lencas dicen: *Debemos mantener a nuestras familias juntas. ¡Nuestros hijos deben disfrutar de la alegría que da la Madre Tierra!* Ana no puede imaginar la vida sin el ritmo del río.

The machines roar on, slashing a road towards the river. The villagers build a barrier of rocks and barbed wire across the path to the river. For two years they make a human blockade and stop the machines. Even though Ana and her friends are afraid, they join the blockade.

The villagers are threatened and attacked during this time, but they still raise their voices in protest. They know they can't live without water, and they don't want to lose the spirits of their ancestors protected by the river.

Las máquinas rugen y hieren la montaña haciendo un camino hacia el río. Los Lencas acampan entre el río y las máquinas. La comunidad hace barreras, cercas de piedra y alambre de púas. Durante dos años los pobladores desafían a las máquinas con sus propios cuerpos. Ana y sus amigas tienen miedo, no caminan solas, pero se unen al bloqueo. Protegen al Gualcarque.

La gente de la máquina ataca a la comunidad. Y pese al terror los Lencas alzan su voz: No podemos vivir sin agua. ¡No pueden quitarnos los espíritus de los ríos! Los miembros del gobierno se están enriqueciendo con la venta de la tierra y sus valiosos recursos. La empresa atemoriza a los pobladores con la policía, pero ellos resisten.

Berta leads peaceful protests to stop the dam. The police attack the protestors, and others threaten them. Government leaders are supposed to protect Berta, but instead blame her for causing trouble. They put her in jail but have to let her go because she has done nothing wrong.

The dam builders try to scare Berta, but she is brave and won't stop fighting for the rights of her people. They have the right to water and land to make a living.

Berta lidera protestas pacíficas para parar la construcción de la represa. La policía los ataca. Berta es amenazada de muerte, otros la denucian. Se supone que el gobierno la protege, pero en cambio la culpan de los problemas. La meten en la cárcel, se defiende. Tienen que dejarla, no pueden acusarla de nada.

Los dueños de la represa intentan asustar a Berta, amenazan a su familia. Ella envía a sus hijas a estudiar en otro país y se queda junto la anciana Austra Bertha: su madre. Pero tiene miedo por ella, que le hagan algo por darle posada, entonces se muda, busca otra casa fuera del hogar familiar.

No more military aid !

E RIVER

16

Berta broadcasts encouragement over the radio: *We are human rights defenders and will protect Mother Earth for our children.* Berta is the spirit of the land and the river. She plants seeds of resistance and hope everywhere. She does not stop her quest for justice.

Berta's bravery encourages the villagers. With Berta at their side, they feel like *Madre Tierra* herself has risen up to help save the river!

Berta sigue luchando, es una lideresa imprescindible. Su voz de anuncio y denuncia esta en la radio: *Soy una defensora de los Derechos Humanos y no voy a renunciar a la lucha,* dice. Berta es el espíritu de la tierra y el río. Ella siembra semillas de resistencia y esperanza por todas partes. Ella no detiene su búsqueda de justicia.

Ana y la comunidad de Río Blanco se fortalecen con la valentía de Berta y resisten. La comunidad sabe que les asiste la razón. Con Berta a su lado, los Lencas sienten que la Madre Tierra despierta, que lucha junto a ellos y ellas para salvar el río.

Berta continues coming to Río Blanco. On each visit Ana slips her small hand into Berta's. She feels her strength flowing into her body. She sees smiles on the faces of her Mama and Papa. Her nightmares stay away for a while.

Suddenly, the machines are quiet! Berta tells the villagers that their voices have been heard. The foreign bank has stopped lending money for the dam. The company building the dam has stopped working. They didn't like the world knowing that they were building a dam against the will of the people.

Berta sigue llegando a Río Blanco, aunque es peligroso. Ana desliza su pequeña mano en la de Berta durante cada visita. Ella siente que la fuerza de Berta fluye por su cuerpo. Ana ve a mamá y papá sonreír, sus pesadillas se alejan por un tiempo. De repente es como si el tiempo se detuviera. Las máquinas dejan de hacer ruido. Berta dice a la comunidad que sus luchas han sido escuchadas. El banco extranjero dejó de prestar dinero y la empresa extranjera paró la construcción. No quieren que el mundo los vea como constructores de una represa contra la voluntad del pueblo Lenca.

The world sees how brave Berta is. They learn that she has been standing up for the Lenca people since she was a teenager. She built an organization to help all Hondurans protect their rights.

Berta was inspired by her mother who has always helped others, both as a mid-wife and an elected official.

Berta realized when she was a child that it isn't fair for people to be poor in a country that is rich in resources.

21

El mundo sabe lo valiente que es Berta.

Aprenden que ella defiende al pueblo Lenca desde su adolescencia. Ella fundó una organización para ayudar a todas las personas para la defensa de los derechos de los pueblos originarios.

A Berta la inspira su propia madre. Ella siempre ayudó al pueblo como partera y como alcaldesa. Desde niña, Berta sabe que no es justo que los hondureños y hondureñas vivan en pobreza en un país rico en recursos.

22

Pope Francis, leader of the Catholic Church,

invites Berta to Rome, Italy. The Pope wants to hear about the struggles of her people. The Goldman family invites Berta to the United States to give her their famous Goldman Environmental Prize for protecting the earth. Berta stands on the world stage to rally everyone to care about Mother Earth. Her cry is urgent:

Let us wake up, humanity!
We are out of Time.
Mother Earth demands we protect her.

23

El Papa Francisco, líder de la Iglesia Católica,

invita a Berta a Roma, Italia. El Papa quiere escuchar sobre las luchas de su pueblo. La familia Goldman invita a Berta a los Estados Unidos para recibir su famoso Premio Ambiental Goldman por proteger la tierra.

Berta se encuentra en el escenario mundial donde se juntan los que se preocupan por la Madre Tierra. Su grito es urgente:

¡Despertémonos, humanidad!
Ya no hay tiempo.
La Madre Tierra exige que la protejamos.

24

The Lenca and people across the country celebrate! Now that she is known as a leader around the world they hope she will be safe.

But powerful people are angry that she stopped the dam. They send men to kill her. It was the night before her 45th birthday.

Celebran los Lencas y todas las personas que luchan por una mejor Honduras. Están orgullosos de Berta y esperan que ahora ella esté a salvo.

Pero la gente poderosa está furiosa. Berta logró detener la represa. Contratan a alguien para asesinarla. Una noche hombres armados vienen a su casa y la asesinan. Berta cumpliría 45 años el próximo día.

What the powerful people don't know is that they cannot kill Berta's spirit. The people of Honduras fill the streets to honor her and promise to fulfill her quest for justice. They chant, *Berta Vive! Berta Lives!* Years later, posters of Berta's beautiful face are still everywhere.

Lo que la gente poderosa y cruel desconoce es que no pueden matar el espíritu de Berta. Los hondureños y hondureñas llenan las calles. Llevan fotos de Berta. Cantan, ¡*Berta Vive!* ¡*Berta Vive!* El rostro de Berta sigue brillando por todas partes.

28

Ana cries and cries. She visits the tree where the villagers placed a picture of Berta. They keep a candle burning to remember her.

Ana goes to the river and hears Berta whispering to her in the gentle breeze, *Do not be afraid. I am with you.* Ana realizes she wants to grow up to be like Berta.

29

Ana llora sin consuelo. Todos los días visita el árbol donde las y los pobladores han colocado una foto de Berta y prende una vela para recordarla. Ana va al río y escucha que Berta susurra como una brisa suave:

No tengas miedo. Estoy con vos.

Ana decide ser como Berta.

Though Berta is gone, the many seeds she planted have grown and multiplied. Her Lenca family and her friends worldwide continue to defend Mother Earth. The river spirits of the Gualcarque whisper words of encouragement from Berta.

Everyone who knew her soothes their sadness with, *Berta, woman of the earth, of the water, and of the corn, is still with us.* They chant, *Berta Presente! Berta is with us!*

Ana closes her eyes at night and hears Berta tell her, *You are strong, Ana. Protect Mother Earth, for she knows what is right.*

Aunque Berta no está, las semillas que sembró brotan y se multiplican. Su familia Lenca y sus amigos en todas partes continúan defendiendo a la Madre Tierra. Los espíritus en el río Gualcarque susurran las palabras de Berta.

Quienes conocieron a Berta alivian su tristeza cantando: *Berta, mujer de la tierra, del agua y del maíz, todavía estás con nosotros.* Y gritan victoriosos *¡Berta Presente! ¡Berta está con nosotros!*

Ana cierra los ojos por la noche y oye a Berta: *Eres fuerte, Ana. Protege a la Madre Tierra, porque ella sabe lo que es justo.*

32

Berta Cáceres

Berta Cáceres organizó al pueblo Lenca de Honduras y emprendió una campaña de base que triunfó en su esfuerzo de presionar al constructor más grande de represas a nivel mundial para que éste retirara su apoyo del proyecto hidroeléctrico.

Berta Cáceres, mujer Lenca, creció durante la etapa de violencia que se propagó en Centroamérica en los años ochenta. Su madre, una partera y activista social, dio amparo y cuidó a refugiados de El Salvador, enseñándole a sus hijas e hijo pequeños la importancia de defender a los pueblos desposeídos.

En 1993 ella fue cofundadora del Consejo Cívico de Organizaciones Populares e Indígenas de Honduras (COPINH), cuyo objetivo original fue hacer frente a las crecientes amenazas que representa la tala ilegal, defendiendo los derechos del pueblo Lenca y mejorando sus condiciones de vida.

En el 2006, miembros de la comunidad de Río Blanco buscaron ayuda y se organizaron con COPINH. Con mandatos por parte de miembros de las comunidades locales en cada momento, Cáceres empezó a dirigir una campaña en contra de la represa. Interpuso demandas a las autoridades gubernamentales, acompañada de miembros comunitarios en los viajes que hacía a Tegucigalpa, la capital. Junto con la comunidad, Cáceres organizó asambleas locales en la cual la gente de Río Blanco hizo votaciones en contra de la represa, y lideró una protesta en la cual la comunidad pudo exigir de forma pacífica su legítimo derecho a decidir por sí mismos si querían el proyecto.

La campaña también buscó apoyo en la comunidad internacional, presentando el caso frente a la Comisión Interamericana de Derechos Humanos y haciendo apelaciones en contra de los financistas del proyecto, como por ejemplo, la Corporación Financiera Internacional, (CFI), la rama del sector privado del Banco Mundial.

En abril del 2013, Cáceres organizó un bloqueo de una carretera para impedirle el acceso a las instalaciones para la construcción de la represa. Durante más de un año, el bloqueo hizo resistencia contra múltiples intentos de desalojo y violentos ataques por parte de contratistas de seguridad militarizada y los cuerpos armados hondureños.

COPINH, junto con otros activistas, están decididos a continuar su legado, luchando contra el desarrollo irresponsable y defendiendo los derechos del pueblo Lenca en Honduras.

Extracto impreso con el permiso del Premio Ambiental Goldman:
https://www.goldmanprize.org/recipient/berta-caceres/

Amada Honduras

Foto Frank Sandres

Honduras está rodeada por tres países centroamericanos—Guatemala, El Salvador y Nicaragua. Los densos bosques coronan las cadenas montañosas, los ríos serpentean a través de valles fértiles y las impresionantes playas bordean las cristalinas aguas del Caribe y el Océano Pacífico. Es un paraíso tropical para nueve millones de personas y tiene una extraordinaria diversidad.

Los hondureños son trabajadores, amantes de la diversión, centrados en la familia y veneran a la Madre Tierra. El noventa por ciento son mestizos (mezcla de pueblos originarios y europeos) y hay alrededor de nueve grupos indígenas, incluidos los Lencas y Garífunas (descendientes de esclavos de África Occidental y las islas del Caribe hace doscientos años).

La belleza y la abundancia de riquezas son un imán para el "desarrollo" de un puñado de familias poderosas y corporaciones transnacionales. Los proyectos de tala de árboles, represas hidroeléctricas, monocultivo de palma para aceite, minería y turismo se venden al mejor postor sin apegarse al derecho internacional que requiere la consulta con las comunidades locales. Las comunidades afectadas se ven obligadas a tomar una decisión trágica: arriesgar sus vidas protegiendo sus derechos y a su amado país de la destrucción del medio ambiente o ser desplazadas, lo que a menudo termina en una migración forzada.

En el 2009, el presidente fue destituido. La Organización de Estados Americanos, las Naciones Unidas y países de todo el mundo condenaron la acción como un golpe de Estado, negándose a reconocer al gobierno de facto. El pueblo hondureño se levantó en protesta y ha sido reprimido violentamente.

En este contexto, Berta Cáceres dedicó su vida a proteger los medios de vida no solo de su pueblo Lenca, sino también de los campesinos empobrecidos, los garífunas y las mujeres que luchan contra el feminicidio en una cultura machista. Aproximadamente el 67% de los hondureños viven por debajo del umbral de la pobreza y el 20% de los campesinos viven en la pobreza extrema (menos de $ 1.90 por día).

Los Estados Unidos ha tenido intereses en Honduras durante más de 100 años, intervenciones que han beneficiado a las corporaciones estadounidenses y proporcionado influencia militar estadounidense, pero no han mejorado las condiciones de vida de los hondureños.

Hoy, Estados Unidos brinda ayuda militar a pesar de los abusos desenfrenados de los derechos humanos y más del noventa por ciento de los delitos violentos no son procesados. Los cárteles de la droga, las pandillas y las fuerzas militares y policiales corruptas aterrorizan a la gente. El trágico resultado es la migración forzada de aproximadamente dos millones de personas desde un pequeño país de nueve millones.

Berta inspiró un movimiento nacional para proteger a activistas de derechos humanos y protectores del medio ambiente. Vio los vínculos con el cambio climático y se paró en el escenario internacional para proclamar: ¡Despertemos, humanidad! Ya no hay tiempo. ¡La Madre Tierra exige que la protejamos!

Berta Cáceres

In a country with growing socioeconomic inequality and human rights violations, Berta Cáceres rallied the indigenous Lenca people of Honduras and waged a grassroots campaign that successfully pressured the world's largest dam builder to pull out of building a dam on their sacred river, the Gualcarque.

Berta Cáceres, a Lenca woman, grew up during the violence that swept through Central America in the 1980s. Her mother, a midwife and social activist, took in and cared for refugees from El Salvador, teaching her young children the value of standing up for disenfranchised people.

Cáceres grew up to become a student activist and in 1993, she cofounded the National Council of Popular and Indigenous Organizations of Honduras (COPINH) to address the growing threats posed to Lenca communities by illegal logging, fight for their territorial rights and improve their livelihoods.

In 2006, community members from Río Blanco asked COPINH for help. With mandates from local community members at every step of the way, Cáceres began mounting a campaign against the dam. She filed complaints with government authorities, bringing community representatives to Tegucigalpa, the capital.

She organized a meeting of community members, who formally voted against the dam, and led a peaceful protest demanding their rightful say in the project.

The campaign also reached out to the international community, bringing the case to the Inter-American Human Rights Commission and lodging appeals against the project's funders such as the International Finance Corporation (IFC), the private sector arm of the World Bank.

In April 2013, Cáceres organized a road blockade to prevent access to the dam site. For well over a year, the blockade withstood multiple eviction attempts and violent attacks from militarized security contractors and the Honduran armed forces.

COPINH, along with fellow activists, are determined to continue her legacy, fighting irresponsible development and standing up for the rights of the Lenca people in Honduras.

Beloved Honduras

Honduras is surrounded by three Central American countries—Guatemala, El Salvador, and Nicaragua. Dense forests crown mountain ranges, rivers wind through rich valleys, and stunning beaches line crystalline Caribbean waters and the Pacific Ocean. It is a tropical paradise for nine million people and supports extraordinary plant and animal diversity.

Hondurans are hardworking, fun-loving, family centered, and revere Mother Nature. Ninety percent are Mestizo (mix of indigenous and European) and there are about nine indigenous groups, including Lenca and Garífuna (descendants of slaves from West Africa/ Caribbean islands).

The beauty and bountiful riches are a magnet for development. Logging, hydro-electric dams, palm oil mono-culture, mining, and tourism projects are sold to the highest bidder without adhering to international law requiring consultation with local communities. Affected communities have to make a tragic choice: risk their lives protecting their rights and their country from environmental destruction or be displaced, which often ends in forced migration.

In 2009, the president was forcibly removed. The Organization of American States, the United Nations, and countries around the world condemned the action as a *coup d'état*, refusing to recognize the de facto government. The Honduran people rose up in protest and have been violently repressed ever since.

In this context Berta Cáceres devoted her life to protecting the livelihoods not only of her Lenca people, but also impoverished campesinos (farmers), Afro-indigenous Garífuna, and women fighting femicide in a machismo culture. About 67 per cent of Hondurans live below the poverty line, and 20 percent of campesinos live in extreme poverty (less than $1.90 per day).

The United States has had interests in Honduras for over 100 years. Interventions have benefited U.S. corporations and provided U.S. military influence, but has not improved living conditions for Hondurans.

Today, the U.S. provides military aid despite rampant human rights abuses and more than ninety percent of violent crimes going unprosecuted. Drug cartels, gangs and corrupt military and police forces terrorize the people. The result is forced migration of about two million people from a small country of nine million.

Berta inspired a national movement to protect human rights activists and environmental protectors. She saw the links to climate change and stood on the international stage to proclaim:

Let us wake up, humanity! We are out of time. Mother Earth demands we protect her!

Dedicado a la memoria de
Berta Isabel Cáceres Flores

Y los incansables esfuerzos de su familia para lograr justicia para Berta y continuar su trabajo, y para los valientes líderes comunitarios en Honduras que arriesgan sus vidas diariamente para proteger su derecho a quedarse en casa y vivir en su amado país.

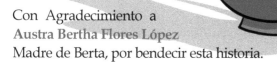

Con Agradecimiento a
Austra Bertha Flores López
Madre de Berta, por bendecir esta historia.

Padre Ismael Moreno Coto, "Padre Melo"
Director de Radio Progreso y ERIC (Fundación Equipo de Reflexión, Investigación y Comunicación) por alentar una historia de valentía para los niños y niñas de Honduras.

José Artiga, cuyas delegaciones de la Fundación SHARE de derechos humanos a Honduras me presentaron la belleza de Honduras y el coraje de sus líderes de derechos humanos y protectores de la tierra. Sin la confianza de nuestro socio hondureño en José, no podría haber regalado esta historia a los hondureños para ilustrar, imprimir y distribuir.

Agradecimientos
Agradezco profundamente a mi socio, Robert Spear, por creer en mí y co-publicar el libro, por leer, editar, animar, estimular y disfrutar el libro. Agradezco a la Rev. Deborah Lee por invitarme a contar esta historia a las audiencias cuyas respuestas me dieron confianza para continuar. Como autor por primera vez, aconfíe en muchos para obtener comentarios: Andy Spear, Charlie Price, Julie Steinbach, Siddika Angle y Rohnda Datzman. Agradezco a Claire White, una compañera delegada de derechos humanos y "niña de Honduras" por alentarla a ser bilingüe y por la primera traducción al español, seguida por Héctor Efren Flores Asiego, Sonia Paz y Yolanda Gonzalez. José Artiga brindó una sabia orientación y apoyo en la traducción. El ilustrador hondureño Luis Chávez convirtió la historia en una obra de arte. Quiero agradecer al Padre Melo y todo su personal por hacer de este libro un testimonio de la solidaridad internacional.

Dedicated to the Memory of
Berta Isabel Cáceres Flores

And the tireless efforts of her family to achieve justice for Berta and continue her work, and for the courageous community leaders in Honduras who risk their lives daily to protect their right to stay home and live in their beloved country.

With Gratitude to
Austra Bertha Flores López
Berta's mother, for blessing this story.

Fr. Ismael Moreno Coto, "Padre Melo"
Director, Radio Progreso and ERIC (Fundación Equipo de Reflexión, Investigación y Comunicación) for encouraging a story of bravery for the children of Honduras.

José Artiga whose SHARE Foundation human rights delegations to Honduras introduced me to the beauty of Honduras and the courage of its grassroots human rights leaders and land protectors. Without our Honduran partner's trust in Jose, I could not have gifted this story to Hondurans to illustrate, print, and distribute.

Acknowledgements
I deeply appreciate my partner, Robert Spear, for believing in me and co-publishing the book—reading, editing, encouraging, prodding and enjoying the book. I thank Rev. Deborah Lee for inviting me to tell this story to audiences whose responses gave me confidence to proceed. As a first-time author, I relied on many for feedback: Andy Spear, Charlie Price, Julie Steinbach, Siddika Angle, and Rohnda Datzman. I thank Claire White, a fellow human rights delegate and "child of Honduras" for encouraging it to be bi-lingual and for the first translation into Spanish, followed by Hector Efren Flores Asiego, Sonia Paz, and Yolanda Gonzalez. Jose Artiga provided wise guidance and translation support. Honduran cartoonist Luis Chávez turned the story into a work of art. I want to thank Padre Melo, and all of his staff for making this book a testament to international solidarity.

Suzanne Llewellyn

Suzanne grew up in Montana and enjoyed an administrative career at the University of California at Berkeley's School of Public Health.

After retiring she became an immigrant rights advocate. She traveled to Honduras on a delegation to learn about the root causes of migration shortly after Berta Cáceres was murdered.

This story expresses solidarity with Hondurans fighting for their right to stay home rather than being forced to migrate. It is her first book.

She lives in the San Francisco Bay Area with her partner and is blessed with two children, three granddaughters, and her partner's children and grandchildren.

———

Suzanne creció en Montana y disfrutó de una carrera administrativa en la Escuela de Salud Pública de la Universidad de California en Berkeley. Después de jubilarse se convirtió en defensora de los derechos migrantes. Viajó a Honduras para conocer las principales causas de la migración, poco tiempo después del asesinato de Berta Cáceres.

Esta historia expresa solidaridad con la lucha del pueblo de Honduras, por su derecho a permanecer en casa en vez de verse obligado a emigrar. Este es su primer libro.

Vive en el Área de la Bahía de San Francisco con su pareja y tiene la suerte de tener dos hijos, tres nietas y los hijos y nietos de su pareja.

Luis Chávez

Luis Chávez (Chaveztoon) is a professional Honduran cartoonist and illustrator with 25 years of experience.

Chaveztoon, in addition to political cartoons, wrote several children's stories and developed games for the children's publication *Papelote*, which he directed for 8 years.

He is happily married and has two daughters and a son.

———

Luis Chávez (Chaveztoon) es un reconocido caricaturista e ilustrador profesional en Honduras con 25 años de experiencia.

Además de caricaturas políticas, Chaveztoon escribió varias historias infantiles y desarrolló juegos para la publicación infantil *Papelote*, la que dirigió durante 8 años.

Está felizmente casado y tiene dos hijas y un hijo.

Comments, continued from back cover.

This book reminds us that the power of greed and destruction cannot destroy the enduring spirit of Berta Cáceres and the indigenous peoples of Honduras. They are teaching us the truth, if we will only listen.

Este libro nos recuerda que el poder de la codicia y la destrucción no puede destruir el espíritu duradero de Berta Cáceres y los pueblos indígenas de Honduras. Nos están enseñando la verdad, si solo escuchamos.

~Rev. Deborah Lee

Directora Ejecutiva, Interfaith Movement for Human Integrity, California; Co-directora, Root Causes Pilgrimages to Honduras

———

This beautifully illustrated, bilingual, children's story provides young readers with a vivid portrayal of the life and legacy of the great environmentalist and water defender, Berta Cáceres of the Honduran Lenca people. Suzanne Llewellyn has given us a much-needed addition to the scarcity of Central American heroes represented in children's literature.

Esta bella historia ilustrada para niños y niñas ofrece a las lectores un retrato vívido de la vida y el legado de la gran ambientalista y defensora del agua, Berta Cáceres, del pueblo hondureño Lenca. Suzanne Llewellyn nos ha dado una adición muy necesaria a la escasez de heroínas centroamericanas representadas en la literatura infantil.

~Dr. Claire E. White

Educadora e hija del defensor de derechos humanos, Robert E. White, ex embajador de Honduras
Educator and daughter of human rights defender, Robert E. White, former ambassador to Honduras

———

This book provides a model for grassroots democracy and the root causes of migration that children can understand. It connects U.S. born children to Latinx classmates who may have made the treacherous journey to the U.S. and help them understand why thousands are seeking asylum at our border. The Latinx students I have taught would find comfort in meeting Berta through this story.

Este libro proporciona un modelo para la democracia de base y las causas fundamentales de la migración que los niños y niñas pueden comprender. Es una historia que conecta a niños y niñas nacidas en EE. UU. con compañeras latinas que pueden haber hecho el peligroso viaje a los EE. UU. y por qué miles buscan asilo en nuestra frontera. Sé que las estudiantes latinas a las que he enseñado encontrarían consuelo al conocer a Berta a través de esta historia.

~Rohnda Datzman

Retired teacher of K-8th grades, California
Maestra jubilada de Kinder a 8vo grados